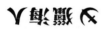

擁有夢想、活出自我精彩的人，才能養護大海！

行旅之間

——我旅行，故我思

楊政賢　著

前　　言

　　2003年初春，攜帶人生當中第一台數位相機，一家三口入住人生當中第一家民宿，開始記錄台灣的美好與生活點滴，展開了人生的另一種旅程。人啊！打從一出生，旅程就此展開，這之中，也包含了各種大大小小、不同風貌的經歷，所以，我會說，旅行，不單只是在外出遊的旅程。

　　在各式各樣的旅程當中，呈現不同的人、事、境，眼中所見猶如行駛中的列車，不斷前進，前進，前進……領略各種不同景觀，有那蔚藍的天空，綠油油的稻田，茂密的樹林，雄偉的山脈，壯闊的海洋，古早三合院，煙囪聳立的廠房，開滿荷花的水池，還有，什麼都沒看見……因為正陶醉於前一刻的明媚風光，來不及回神。

　　每一趟旅行或有不同的目的地，我們總是期盼豔陽高照的晴天，才不至於壞了玩興，事實上，這當然是天真想法，印象很深的某次露營，出門大晴天，傍晚沒來由一陣傾盆大雨，那麼，這次的露營不就完了？我心想。接下來，只見三、四個大男人，擴大炊事帳的，收桌椅的，頂掉帳上積水的，唏哩呼嚕一陣手忙腳亂……卻沒有任何一人發聲抱怨，個個堆起笑容，絲毫未見不耐與煩躁，就連不太能適應露營這種克難玩法的老婆大人也覺得此乃人生難得歷練也，從此不再

排斥露營，當然，歡樂之餘，接下來便是現實問題了，隔日拔營回去過沒幾天，家中從此躺了一頂鈔票換來的八人帳。

　　與其祈求好天氣，不如保有一顆隨遇而安的心，享受這天地萬物變化的奧妙，畢竟，世界不會總是一直讓著你，何妨靜靜地等待那大雨過後的清新氣息；向那久違的彩虹打聲招呼，雨停了，大地甦醒，朝氣蓬勃，此時更該用力吸口新鮮空氣，莫再耗費那無謂的精力憂愁那些「衣物淋溼了怎麼辦」的狗屁倒灶了。

　　一段段的旅程開始，也會結束，許許多多的感觸與啟發，也就在這些旅程的開始到結束的過程中萌芽，這些都是生命中難得的體驗，並且經常稍縱即逝，既是美好事物與寶貴的啟發，就該如實記錄，或是留下美好記憶；或是提醒自己的不足，並經常期勉自己；亦或只是單純地記錄當下心境，無所謂的好或壞，縱然有些事物想忘掉的比想記住的還要困難，就趕緊不斷填塞美好回憶，不枉我們擁有觀看美好事物的雙眼，及深刻體驗美好事物的素心。

　　台灣寶島蘊藏豐厚寶貴資產，從先進的高樓大廈，淵闊的海洋峻嶺，到淳樸的田園古厝，以及純真並展現堅韌生命力的人物，各有各的美，各有各的故事，他們的各自精彩，成就了獨一無二的寶島傳奇，竟有如那一頁頁的詩篇，深深吸引著我的視線、顫動著我的心靈，於是，漸漸地，這些種種的心靈點滴，積累行於文字而成為了這本行旅之間。裡頭記錄了令我動容的人、悸動的事，整理成「生命刻痕」；所遇見的美景、所聽到的好話，觸動心靈有感而發的散文或新詩，匯聚成「遇見美好」；以親拍的山水照為主題所發想的

文字，歸納至「縱情山水」；風姿綽約的花草世界，幻化成
「花言草語」；最後，那些望圖生文或以文帶圖的一句兩句、
心靈札記，都是我的「點滴心情」，願將這些的真善美，誠
摯地分享給不吝打開此書的讀者們，或因著大家善念的連
結，讓我們身處的台灣家鄉，更加繁榮而祥和。

　　想起佛洛斯特永恆詩選裡頭的一段：

　　　　我已穿過原野和樹林，

　　　　我已越過那些石牆，

　　　　我已登過視野開闊的高地，

　　　　看過這世界又步下山崗，

　　　　我已沿著大路回到家裡，

　　　　瞧！凡事都有個收場。

　　若說此書的出版是一種收場，也只能算是一段旅程的暫
歇與省思，確信未來將有更多的啟程、歸程，會往哪裡去？
路程有多遠？我並不知道答案，只想告訴自己：心，無懼，
無距。

4　行旅之間

行 旅 之 間

目 次

一、生命刻痕

　　一個人的生命裡，都存放著故事。

也許是長篇小說，或短篇散文，
甚至，就一句話。
而無論所經歷的時間有多長、有多短，
都無法遮掩住那段精彩中所留下的堆疊記憶
，和綻放出來的耀眼光芒。

生命的烙印

　　家裡客廳不時傳來紡紗機杼聲，土狗慵懶地歇在一旁，置若罔聞。

　　民國 60 年間，父親罹患當時的罕見疾病 —— 重症肌無力症，原本是副廠長，即將被提拔為廠長，卻因這無法根治的畸疾，最後連勞保都取消了，對於單純家庭主婦的母親來說，除了必須照料四個就學的孩子之外，更扛下一家子的經濟重擔，身為老么的我，快樂的童年因此徹底瓦解。那不時發出隆隆吵雜聲的紡紗機，成了唯一的收入來源，勉強撐起這六口之家。

　　小學六年級的那一年，發生一件令我終生難忘的大事。有一天下課返家時，我的左頸突然感到一陣微酸，並蹦出有如痱子的零星粒粒小疹子，母親帶我到住家附近診所看診，醫師診斷應屬過敏，以紗布稍做包紮返家後，忐忑不安地躺坐在客廳的搖椅，耳際傳來的，依舊是重病父親每天播放的大悲咒或地藏經，是為了闔家平安，更祈求他的病情能逐漸好轉的必修課。痠痛的左頸，不容隨意搖轉。我，到底怎麼了？

　　「哇！夭壽喔！奈安內？」這是幾天後卸下紗布，母親的驚呼聲。我趕緊跳下搖椅衝進房間攬鏡自照，原先酸痛的

部位，竟浮現出一粒粒如粉圓般大小的水泡，紛亂錯落，恰似熱水二度燙傷的景象，伴隨著微微的滾燙與陣陣的刺痛，幼小心靈的驚懼不言可喻。從那天起，母子倆開始一連串的〝探尋名醫〞之旅，前後看了十一位〝各大門派〞的名醫，只能斷定罹患俗稱的「皮蛇」，此疾會侵犯神經系統，且據說若是纏繞整圈脖子，將導致死亡，西醫稱「帶狀性皰疹」，屬於濾過性病毒的一種。隨著病情惡化，痛起來時，全身有如千針亂竄，體溫計總維持在三十九度上下，盜汗、噩夢、囈語，什麼光怪陸離的畫面通通出現。在那醫療技術尚未如現今發達的年代，病急亂投醫也就無可厚非，有些民俗療法也真是千奇百怪，其中，其中一位密醫就在住家附近的菜市場裡，只見這位中年男子拿著毛筆沾上橙黃色刺鼻的汁液圈塗於水泡處，口中唸唸有詞，表情嚴肅，眼神專注，這樣頗為怪異的療法，竟出現些許療效。

而為求盡快痊癒，隨著熱心人士的推薦，前往探詢另一位密醫，也不知他上了什麼藥，只記得他將我的脖子包紮得密不透風，原先發熱的軀體，更加痛苦難當。第二天卸下紗布，隨即聽見母親的驚呼聲，且目睹她驚恐的面容，懨懨一息的我已沒有勇氣照鏡子了。二話不說，母親揹起我哭著急奔菜市場，沿途我只聽見母親那令人鼻酸的嚎啕哭聲，手足無措的十二歲的我，也只能在母親的背後輕聲勸她別再哭泣。衝進店裡，一見到那位中年男子，慌張失措的母親當場跪求男子趕快救救他的兒子，於是，中年男子再度醮上比之前更深的橘黃色汁液，重複著之前的療法，至此，因哭泣而背脊抽搐的母親，驚魂甫定，以略顯呆滯的眼神看著他虛弱

不堪的兒子，母親那頭雜亂的髮絲，以及尚未風乾的淚痕，
更是疲憊不堪的寫照。

　　另一種讓人印象深刻的療法，是在頭上頂著一塊砧板，
由母親握著菜刀將預先備妥的一條粗麻繩一邊剁成一小段一
小段的，一邊念念有詞，此療法俗稱「斬皮蛇」。那一聲聲
「兜、兜、兜……」伴隨慈母的喃喃咒語，至今仍迴盪耳際，
因為我深信，那一定是母親這輩子最心酸的切菜聲啊！

　　某天深夜的兩點多，透過台中舅舅引介，攔下一部計程
車，直達台中舅舅家附近就醫，在看完這一位赤腳仙後，母
親終於心灰意冷，打算放棄繼續尋醫之際，卻在舅媽的力勸
之下稍做停歇，待天一亮另作打算。母親取出剛拿到的藥粉，
遵照用法遞到我眼前，儘管藥味苦不堪言，然而望著母親那
懷著一絲絲希望的眼神，無論這帖該死的苦藥究竟有多苦、
究竟有多令人作嘔，就算得分成多次，也要咬著牙狠嚥下去，
或許這也算是我唯一能做的，給母親勇氣與支持的方式吧！
服下那苦得令人幾乎嘔吐的藥粉後，我半醒地躺在床上，腦
筋一片空白。

　　第二天一早隨舅媽到彰化做最後一搏。這是一家祖傳三
代中西醫理並行的診所，治療方式十分科學，除了抹藥，還
打針加吃藥，但不做任何包紮，很快的，那些水泡逐漸乾癟，
進而結痂，伴隨發病處癒合過程的搔癢，前後不過兩趟的治
療，終於快速好轉，進而痊癒，雖留下終生無法抹滅的疤痕，
倒也結束了這場令全家愁雲慘霧的一場大病。若說我現在能
平安地生活在幸福的當下，那是因為我的生命中真正存在一
位活菩薩 ── 我的沒有唸過多少書的、對生命有著堅強韌性

的母親。

　　大病初癒後，原先俊俏的臉龐，幼小心靈怎能接受脖子上那一灘難看又噁心的瘡疤，以及其他同齡小朋友所投射過來的那一雙雙異樣的眼光？於是自卑心油然而生，從此不敢直視陌生人，尤其是女生，因為我成了個醜八怪，已經跟別人不一樣了，自認為大概沒有人會喜歡我了，甚至不敢靠近我了，未來該怎麼辦呢？這樣不健康的心理狀態，伴隨至國中、高中、到大學，感謝自己願意參與學校的課後社團活動，接觸更多人群，產生更多人與人之間的互動，閱讀更多正面信念的書籍，終於慢慢走出了這方陰暗的角落，願意迎向陽光。也因著這次生死交關的經歷，更體悟健康的重要，以及與人聯繫情感時的同理心，畢竟，每個人都是獨一無二的，也或有各自的包袱與苦衷，或有不欲人知的一面，表現出的冷漠或只是自我防衛罷了。而人啊！總得面對生命中的一些苦難，經過淬煉、打磨，進而堅韌、璀璨。我所能做的，即盡量不怨天尤人，且深信：任何事情的發生，必有其原因，並有助於我。

攝於──公民會館

鐵支路的情懷

「便當便當，好呷ㄟ便當……」當時還是小學生的我，雙膝跪在普通號火車箱座椅上，正聚精會神欣賞窗外大自然景觀，聽到小販叫賣聲，猛然轉頭望向坐在一旁的母親，抿嘴示意，貪婪的眼神藏不住嘴裡拼命分泌的唾液，這時得瞧瞧母親當下的情緒，並非每回的哀兵政策都能奏效。

期盼寒暑假搭乘火車的歲月，有歡笑，也有苦悶與惆悵。總地來說，前半段大多是回母親娘家，當時的清水鎮稻田比比皆是，外婆家就座落於一大片稻田中央，想走到屋裡，得經過一條寬不過 50 公分的羊腸小徑，小徑的路口有一片私人養殖魚池，據說該戶人家兇狠霸道，大概是要保護池裡的魚不被偷釣吧！每當經過魚池，總是偷望一下那充滿詭譎氛圍的魚群，快步走過一路抵達外婆家門口。舅媽的最小兒子，就是我的小表哥，也是我喜歡到此一遊的一大動機，他總是赤腳闖天涯，帶我到處嚐鮮，活動多采多姿，是居住在城市裡所無法體驗的，割草、釣魚、釣青蛙、摸蛤蜊、爬樹、摘芭樂、捉蟬……，漸漸地，我已成為他的粉絲，總是跟前跟後的，深怕有新玩意兒無法參與。印象最深刻的一次，是他居然帶我去那恐怖的魚池釣魚，我也拿著釣竿忐忑不安地等魚上鉤。約莫過了一炷香時間，表哥突然大喊一聲：「快跑

啊！」拋下釣竿，沒命地跑開，我的後頸冷不防地痛了一下，赫然發現一名中年壯漢手中揮舞著長長皮鞭追著表哥而去，原來我被皮鞭抽打了一下，當下還沒來得及反應，只看到表哥與壯漢一前一後以跑百米速度奔馳在羊腸小徑上，我手足無措東張西望，先跑到一旁的公廁躲藏，心跳快得差點兒窒息，待得四下無人，繞道跑回外婆家，臉色青綠、啞口無言地看著舅媽，她不捨地安慰我不要擔心，改天陪我們去派出所說說就沒事。還記得當天下午偷偷跪在舅媽家大廳堂的神明面前拼命求助，保佑可以全身而退，下次再也不敢了。當時民風純樸的鄉下，小孩子一時的調皮搗蛋終究只成為茶餘飯後的話題笑料，魚池主人已不再追究。當真是神明顯靈啊！

　　至於後半段的火車記憶，則是母親帶著我搭乘火車南下幫重病的父親四處求醫的行程，普通號的速度加上遙遠的路程，通常是車廂裡從夜晚到天亮的折騰，而此番的求神問卜，並沒有應驗，換來的只是舟車勞頓以及父親病情毫無起色的無奈與失望。

　　國高中階段幾乎沒有機會再搭火車，印象中再次搭火車似乎已就讀大學，同學邀約淡水看海，當時淡水線尚未停駛，曾站在最後一節車廂，望著越來越遠的鐵軌及大小不均的圓石，自覺散發出春風少年兄的風流倜儻，早已忘卻自己只是個還不懂人情世故的窮酸小子。

　　隨著集集車站的繁華與擁擠，來到近年漸漸形成商圈的車埕車站懷舊，我已是個育有一子的中年男子，攜家帶眷站在車站門口擺設紀念品的攤位前，兩位年輕女子熱情招呼販售，小犬與內人深知我對火車的特殊情懷，決定送我一片介

紹台灣鐵路支線的 DVD，我從中挑選內灣支線的介紹影片，
當作父親節禮物，雖然便宜又不起眼，但卻能勾起我孩提時
光的稚嫩單純；中學階段的青澀年華；以及成年後，忙裡偷
閒的輕鬆悠遊，和不時回味無窮的會心一笑。

　　雖只是兩條長長的鐵軌，卻串聯出無限延伸的綿長記憶。

攝于 —— 十分車站

我的心遺落在航廈

　　因為工作關係，必須到中正機場將資料送至一位客戶手中，於是利用晚上時間，趁機帶著小犬過去閒晃，見識一下國際機場。

　　夜晚的旅客比起白天來得少，大多是興高采烈等待班機順降的人們。大小不一的行李袋分散各座椅旁，送往迎來者或凝望期盼的眼神，或拿著告示牌"認領"入境旅客，看來，只有我是來這兒閒蕩，過過搭機出遊的乾癮了。

　　記憶拉回到首次搭機飛離台灣寶島彼時，目的地是美西，畢竟首航，眼中所見倍感新鮮，興奮程度猶如小學生集體踏青，就只差沒有小手拉小手了。約莫 12 個小時的空中飛行，如果沒有同行的同儕好友，如何排遣飛行時間將成為一大挑戰。而另一大挑戰就是下飛機之後的時差調整了，第二天行程中的邊走邊打盹、腳步時而踉蹌的糗態，至今仍記憶猶新呢！

　　拉斯維加斯誕生於荒蕪沙漠中，經過別具特色的規劃建設，成了舉世觀光名勝，這座令人紙醉金迷、如夢似幻的不夜城，幾乎每間旅館均設置 Casino 提供遊客們大展身手，許賭性堅強者一個橫財夢，而鎩羽而歸者更是不勝枚舉，或能藉此將他們拉回現實吧！

　　運氣是一時的，如：中樂透、發票、大獎等等，不必花時間經營而突然降臨，然後馬上消逝無蹤；幸運，可以創造，是刻意安排的結果，能累積、持續不墜，必須透過不斷努力經營方能獲得。運氣，可遇不可求；而幸運，可以一顆單純的心，克服萬難，創造客觀有利的條件，辛勤耕耘，擁有恆久收穫。運氣與幸運，兩者字義雖雷同，內涵深意卻天差地遠。

　　夜深，機場空調令人感到陣陣沁涼，升降梯旁兩位小姐交談著流利英語，表情輕鬆，心情愉悅。我呢？有股上飛機的衝動，暫時抽離這地表時空，航向九霄雲外，歸於平靜⋯⋯

攝于 —— 候機室

平凡的幸福

　　那年夏末的勝興車站尚未停駛，喜歡搭火車流浪的感覺，雖然很少獨自搭乘，仍提起勇氣邀妳共享馳騁幽靜清新的鐵道之美，而妳也爽朗地答應，這讓我更加確定妳願意繼續與我共馳遊；願意分享每一天的喜怒哀樂……雖然早在一個月前便知妳的心意，之所以知道，是因為從美國飛回台灣的幾天後，到妳家探訪時，妳萬年曆設定的日期還停留在我抵台的當天，故意問你原因，妳只是靦腆地傻笑。

　　窗外的景物飛快閃過，妳摘下隨身聽的一只耳機遞來，於是，我陶醉在世界上最美麗的音樂饗宴，雖是普通車，但仍希望更慢到站……

　　踏入人生另一階段，偶而的鬥嘴是飯後的點心。有次，幫妳買了罐噴霧式鞋油，但非妳所要，在車上妳不悅地埋怨了幾句。正握著方向盤的我沉默數秒後，冷冷拋出一句：「以後再買東西送妳，我就是豬！」車子裡雖有空調，仍令人窒息，直到進入屋裡。我靜靜地坐著無語，妳略帶不情願的口吻、撒嬌的嘴臉：

　　「好嘛！我向你道歉好不好？」

　　「我接受啊！」

　　「那你以後還會不會買東西送我？」

「會啊！」

「那你還是不是豬？」

「是！」

　　我們擁有了唯一彼此可以共有的 ── 孩子，生活產生諸多變化，除了熱鬧，就是更多不同的人生規劃與時間的安排，情緒也常隨著孩子的喜怒哀樂瞬間翻轉，但是，我們仍努力地認真經營幸福的生活。有人說，如果妳的另一半個性及想法與自己諸多不同，那就恭喜自己，妳（你）嫁（娶）對了，因為另一半的個性一定跟自己相反。雖然詼諧，也算智慧之語，誠如鄭進一膾炙人口的歌 ── 家後，歌詞提到：幸福就是吵吵鬧鬧（不是大吵大鬧）。因為在乎，所以大呼；因為相知，所以小叫。17 年倏乎已過，我們也有許多成長，雖不見轟轟烈烈、感人肺腑的情節，存在的是對彼此的包容與疼惜；雖無日日山珍海味，卻有妳悉心料理的愛心佳餚。人生至此，夫復何求？！

　　伴隨年紀增長，妳也漸漸明白，我非空嘴薄舌之徒，很難聽到甜言蜜語，但也因為深邃的內心潛藏無限的愛，讓妳對我的真心深信不疑，也體會出內斂的真愛勝過千言萬語，當然，我也會努力嚐試以言語表達，畢竟，好話一句三冬暖，是能夠為平凡而務實的婚姻生活加溫的。

　　孩子終將長大成人，未來攜手唯妳，相信在我們用心經營之下，會有更多幸福快樂的 17 年，身影雖漸小，慈愛永留長。

攝于 —— 墾丁

天使與魔鬼

　　在那副黑框眼鏡的襯托下，小犬像極當紅小說主角哈利‧波特。但我寧可不要這耀眼的明星光環，畢竟，這無可取代的天真無邪，保存期限無法估算，也許在多年以後，即將息影，竟成絕響。

　　一部部偶像劇炒紅的景點，驅車前往朝聖的風氣瞬間襲捲全台，早已遺忘是哪一部偶像劇拍攝外景，只記得綠蔭蒼翡、羊群咩咩，宛如一處小型南投青青草原，雖不見清境農場的規模，仍保有異國風味兒。就在一片大陽傘下的一套白色桌椅中，你無意間擺出俏皮表情，雖嘴邊仍沾有尚未抹淨的餐點污漬，反成為毫無矯飾的亮點，有畫龍點睛、神來一筆之效，原來，不經意的單純之舉，卻能成就出天使般的面容。

　　記得尚未就學前，有天我正翻箱倒櫃找尋衣物，你無預警地走近衣櫥，差點被夾到小手，我大聲斥責為何亂跑，你腳步蹣跚離開房間走到客廳，手扶著當時還與肩同高的茶几，低頭默默不語，可知當時看到這一幕景象，內心百般愧疚與不忍，道歉已無法彌補內心的罪惡感，突然發覺前一刻猶如小魔鬼的你，此刻竟乖巧得令人心疼。

　　從不會拿桌球拍到旗鼓相當；從不懂象棋規則到棋逢敵

手，甚至領到生平第一座冠軍獎盃，見識了你的沉著與活躍，雖歷經輸棋時的哭泣、接不到球的氣餒，也阻擋不了你願意精益求精的意志，曾閒置多年的球技，從不知有無對手可以一展身手的我，孰料身邊最親近的你，竟成了可敬的對手，始料未及啊！也因著長期緊密互動，意見相左、互有爭執在所難免，稚氣未消的你，加上童心未泯的我，被家中的「老大」「耳提面命」更是家常便飯，於是，我們經常互相消遣別人是「難兄難弟」，我們則是「難父難子」。

　　光陰不等人，時間總是無情地往前推移、推移、推移……從你後面望著你踏入國中校園那略顯青澀的腳步，內心喜悅與惆悵交雜，想起龍應台在「目送」裡頭的一段：今生今世不斷地在目送他的背影漸行漸遠。你站在小路的這一端，看著他逐漸消失在小路轉彎的地方。而且，他用背影默默告訴你：不必追。

　　或許天使的內心有時躲著魔鬼的頑劣；而魔鬼的背後也蘊含天使的良善，無論是天使或魔鬼，你都是天上掉下來最好的禮物！

清淡菜香

　　猶記得還就讀小學時，每當放暑假，媽媽總會帶著我們幾個孩子搭火車回她的娘家，舅媽百忙中仍然殷勤接待，知道我愛吃雞屁股，整盤雞肉上桌，必先將雞屁股夾到我的碗裡，似乎擔心有人不慎夾走我的最愛，而看到那失望的神情。

　　一大圓桌的菜餚，青菜與肉類比例各半，偏食的我，對於菜類不屑一顧，碗裡永遠就只有香腸、魚丸、豬雞、花枝、蝦子等大魚大肉，什麼苦瓜、茄子、蘿蔔、青椒等更是避之唯恐不及。

　　隨著年紀增長，懂了偏食的嚴重性，領略了簡單清淡的樸實，苦瓜變得甘甜了；蘿蔔的淡橘色變得美麗了；也喜歡上青椒那淡淡的香土味兒了。

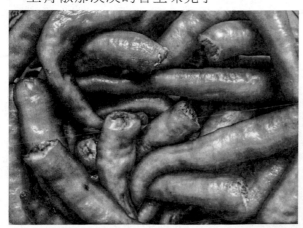

　　有時候，一碗稀飯，一碟菜脯，一盤青椒，一匙花生，成為人間美味。而唇齒嚼動之間，看著那一根根的青椒，竟恰似翠綠蓊鬱的森林。

←手機攝于 ── 廚房

猙　　獰

夏日午後，和幾位朋友漫步於平溪線的最後一站 —— 菁桐車站，非假日的關係，並無擁擠的人群，火車班次相對也少，理所當然地，遊客總喜歡恣意走在鐵軌上，無論是嬉戲，或是拍照，不會有動輒火車進站必須逃離鐵軌跳回月台的窘況。老舊車站的售票室不見售票員，陽光穿越窗櫺投射地板上條條的斜紋光影，讓整個空間增添許多美感，駐足觀望四周，籠罩於充滿歲月痕跡的建築物內，凝視那闃黑角落的斑斕光彩。

月台旁的矮牆上出現不速之客，一隻黝黑的野貓佇立望向人群，看得出牠充滿警戒心，好奇心使然，想靠得更近以捕捉更清晰的身影，孰料竟露出張牙兇惡的表情，猶如猛虎出閘般地令我望而生畏，於是，瞬間我成了木頭人。

原來，有時候，那猙獰的面孔，只是受到威脅所展現的本能罷了。

攝于
——
菁桐

樂在掌鏡

　　首次架起三腳架，捕捉入夜的美，享受的是眼前夢幻夜景；忍受的是蚊蟲無情襲擊；感受的是黑夜靜謐涼爽；接受的是未能精準捕捉這一片美景的缺憾。

　　藉由此次經驗，更加感佩許多前輩跋山涉水為求記錄那難得的瞬間，背後所付出的努力與代價，那份專注與堅持，足以令人肅然起敬，休說按下快門框住的那片美景與感動。

　　何妨，暫拋記錄下來的滿意與否，就靜靜聆聽呱呱蛙鳴、唧唧蟲叫，提醒自己，莫教攝影奪走"享受寧靜"的權利，無論是按下快門或享受寧靜，這須臾間，彌足珍貴，於是，樂在當下吧！管它曝光正不正常。終究，只是為了記錄當下的感動與瞬間的美麗光景，成為永恆。

　　歲月，可以走得無聲無息，但卻可以留下痕跡。前輩如是說。

攝于——新社

湛藍淡水

　　工作關係不得不到處趴趴走，也無法隨身攜帶相機拍照，有時適逢美麗的湛藍天空，總有絲絲遺憾。

　　現在的淡水和學生時期差異頗大，少了自然景觀，多了人工刻劃，街道店鋪林立，假日人潮洶湧，經常擠得水泄不通，尤其炎炎夏日，非得做好防曬措施不可。

　　難得非假日到此漫步，人煙稀少，除了品嚐出名的阿給，買回魚酥，對於藍得不像話的天空，此時，手機就是最好的相機了……喀嚓！

手機攝于 —— 淡水

美麗 106

　　高中大學時期到過十分瀑布，還記得當時調皮地走在鐵軌上，好長一大段路，仗著自己平衡感佳，平舉的雙手左右搖晃著，在幾乎著地前，順勢跳至另一支鐵軌，藉此獲得極大成就感。年輕真好。

　　這是 2012 年往十分的路上所拍攝，當時覺得它比瀑布還要美呢！

　　前往目的地的路上總有美景待我們發掘，只要用心看。

手機攝于 —— 106 縣道

幸福米飯香

　　東豐鐵馬道是全國第一條由廢棄鐵道改建而成的自行車專用道，也是國內唯一封閉型的自行車專用道，全長十二公里，沿途佈滿樹蔭，飽覽綠油油的草原風光，會到此享受悠遊踩踏，其實是臨時起意的。

　　結束兩天的新社大坑行，正準備打道回府，突然想起東豐就在附近，於是目的地就這麼隨性更改了，應驗了人家說的，「迷路為了看花」，這句話此時格外觸動我心。

　　這天晴空萬里，一掃連日來豪雨肆虐的鬱悶心情，天空已藍得不像話，帽子、墨鏡、袖套、陽傘，隨處可見防曬用的傢伙，單車租用店林立兩旁，租一次費用可不限時間騎乘，沒有時間的限制壓縮，更顯自由自在。途經一片草綠色稻田，幾位叔叔嬸嬸正忙著農事，這畫面把記憶拉回到小學時期，暑假常跟隨母親回她台中清水的娘家，當時四處只有稻田，還跟著一群大人們下田耙土、插秧、割稻，品嚐舅媽為大家準備的仙草或愛玉冰，除了體驗農事的新鮮，還是整天期待著點心時間，倒不覺得是件苦差事，純真的力量真的很大。現在仔細回想，其實很辛苦。

　　若能吃上一碗香噴噴的白米飯，都是經過幾道程序打
造，務農人家的血汗堆積……腦海裡浮現十個字--咀嚼米飯
香，感念勤耕農。

攝于 —— 東豐綠色走廊

老車廂

　　記得上回來到這座老齡舊車站，已十餘年前。為了吸引更多遊客，官方重新整理打造，於是再次舊地重遊時，已有了嶄新風貌，雖多了現代感，也失去了許多樸拙的況味兒，已經聞不到舊式車廂所發出的陣陣柴油味了。

　　上到借車廂懷舊一番，環顧車廂四週，除了展示用的玻璃櫃，長條木桌上陳列的可愛布偶之外，這一一圈圈的手拉環，成了這節老車廂美麗的印記。

攝于——合興車站

能量滿滿的貓頭鷹洞窟

　　幾年前某天的午後，我和內人在石門附近特色咖啡店品嚐下午茶，賞完美景後，回程順道停車散步走進淡水老街，隨即發現佈滿手作貓頭鷹的小攤販，這是結識小蘭的開始。

　　還記得當時我們夫妻倆對著佔滿攤位的貓頭鷹讚嘆不已，不一樣的大小，不同花色的碎花布成為貓頭鷹不同風格的衣裳，有的佇立樹枝，有些懸掛架上，帶著笑容的老闆娘親切地解說這些貓頭鷹寶寶的來歷，原來這些全都出自於老闆娘小蘭（化名）的巧手製作，而且可以根據不同客人的需求、星座、特性、面貌，挑選或量身定做最適合的貓頭鷹，讓來客更加認定自己手中的貓頭鷹是屬於自己且獨一無二擁有的，同時我們也才知道，原來貓頭鷹在歐洲被視為吉祥物。與小蘭的對談中不難發覺其談吐不俗，眼神散發出堅定、自信與熱誠，眼鏡框架上也攀了一隻小小貓頭鷹，更添赤子心，閒逛這樣的特色小攤位，並沒有負擔與壓力。

　　身體裡流著叛逆血液的小蘭，孩提時，經常與父母意見相左，總喜歡唱反調的她，在進入手作貓頭鷹這個藝術領域之前，也曾有過不少工作經歷，這些豐富的人生歷練，帶給她在各種人生軌跡不同的價值觀，任職保險業時，體悟了「沒有恐懼，永遠安心」的生命意義，與應該建立的正確價值觀，

在這個時期，也開啟了社會關懷與公益付出的使命感，因此，捐獻認養孩子可說是樹立了未來展現大愛的里程碑。

　　生命潛能出版社的經歷也是小蘭另一段大幅成長的過程，適逢婚姻觸礁的她，接受了專業訓練而擁有心靈治療師的才能；因緣際會之下，接觸了最古老，最強烈的靜心技巧之一──蘇菲旋轉，它的深度讓人即使只是一次的經驗都能夠感受到完全不同的改變。過去曾經嘗試禪坐靜心養性，但覺不適合自己，至此，藉由蘇菲旋轉的放空圈轉與柔美的裙擺飄揚，突破了生活中撲面而來的種種抑鬱，一掃陰霾，烈陽再現，有如蝴蝶破繭而出般的脫胎換骨。而曾經經營的健康管理顧問公司，也是一段生命經過洗鍊的歷程，讓她得以更清楚了解如何健全身心靈，如何經營真正的健康，進而使得生命的態度更趨於積極，身心在正確的打造之下，平衡而穩定。至此，似乎已沒有任何事情可以成為打擊了。

　　其實拼布並非小蘭的強項或興趣，手作貓頭鷹的功夫，源自於母親的興趣與專長，在拗不過母親的強力勸說下，開始了一針一線的貓頭鷹縫製塑造之路，由於喜歡與眾不同，小蘭將原先只有單純吊掛式的貓頭鷹，嘗試做了許多變化，增添不同風格與調性，有站在樹枝上當作擺飾的，有夾在脫鞋的，圈在手指成為戒指的，耳環的……通通客製化，並終生維修保固，連其他分店也可以負責維修，由於這樣貼心的服務，小攤販也已擴展成為小店面。就在這樣的針線穿梭中，工法熟練了，創意得以發揮了，利他的心也吸引了四面八方的朋友。2013 年夏天，更遠赴西藏投入志工行列，為了幫助偏遠地區的醫療資源與教育建設，行前發願義賣三百隻貓頭

鷹，所得不扣除成本全數捐助，此義舉引起許多友人關注與迴響，於是捐款的、認養貓頭鷹的、免費看店的、整理款項的熟友或不熟悉的客人，紛紛義不容辭捲袖免費提供協助，如此眾志成城，完成了她助人的信念，整個過程中，更體會了許多助人的行動並非一定得默默噤聲，其實是可以號召的，不為名聲，不為利益，只因為在實踐的過程中，自在而快樂。在看遍窮苦落後地區人民的生活之後，更加珍惜當下，原來，知足來自於自己可以很快樂的活著。

憑著感覺走的小蘭，沒有未來的規劃，只是想辦法很認真的做自己。於是，從樂在木工學習與創作，南胡的習練，蘇菲旋轉的釋放自己與安頓，瑜伽的定與靜，找機會幫助需要幫助的人，以及每天不畏風雨往返工作室與住家之間的單車踩踏，雖沒有賺進大把鈔票，但是賺到了健康與快樂，對小蘭而言，這些是生命中最大的資產。小蘭深深覺得，挫折，也要認真看待，每個挫折背後總是會有很大的禮物，而許多傷口背後的意義甚至大過許多正面的事件，面對，是最好的辦法。

晦暗的角落總會有人點亮一根蠟燭，雖不是很明亮，卻足以散播溫暖，照亮一方宇宙。從展現大愛的小蘭身上，我想到活佛的話：「我快樂，是因為我要你幸福。」相信未來的志工路上，小蘭並不孤單。

攝于──淡水老街

走出自己的路

　　凡事都得有個動機，會想參加當時大專院校最大的服務性社團，除了充實大學生活外，最想改造自己羞赧並缺乏自信的性格。通過了對我而言最困難的面試關卡，幸運地進入了這個大家庭--新竹勵德少年監獄服務隊。

　　少年監獄？沒錯！每年寒暑假，隊員們會有數天時間進入少監與學苑區的在學同學們取得互動，並傳達新的、正面的訊息，也因為環境特殊，進入少監的必守規則格外嚴謹，無論是服裝、造型、不准攜帶的種種違禁品，一律嚴格規定，這些同學大都年約 12-18 歲之間，與我們這些隊員們的年紀相差無幾，雖然他們並沒有像我們一樣幸運擁有自由自在的就學生涯，事實上，就社會歷練而言，我們差距可就懸殊了。時過 20 餘年，現在仍保持聯繫者，也已漸入中年。

　　阿煌，是一個擁有如此經歷背景，身形壯碩，卻看起來有些許靦腆的大男人，在國小時期即體驗到族群對立，全校師生 3,000 人，只有他是客家人，於是遭受許多的不友善，導致內心漸漸對於人性的不信任與反叛，間接埋下行為偏差的種子，言行錯誤導致民國 1988 年底進入勵德少監服刑，也是這樣的因緣際會下，與輔大勵德隊結下了不解之緣。

　　新竹勵德少年監獄區分為工廠區與學苑區，學苑區的教

化，可說是阿煌徘徊十字路口時彷徨無助時的光明指引，勵
德隊互動的對象為學苑區，整個隊組織分為十個小組，平均
每一組成員約為 6～8 人，相對於學苑區每間教室學員約六人
左右，彼此互動也比較不至於冷落學員。而冥冥中總有正面
力量將阿煌向上牽引，當時與他互動最頻繁的便是他常提起
的生命中的貴人--妃雪姊，是一個寧可吃虧，也不願佔人便
宜的天使，對於自認沒人願意傾聽內心真正聲音的阿煌而
言，猶如載浮載沈於茫茫大海中時，突然出現的浮木，幽暗
的生命立即浮現曙光。初識之後，在網路尚未發達的當時，
親筆書寫的信件往返，成為最佳的聯繫管道，筆墨雖不見表
情，卻能表達另一種內斂雋永的意境，一句話能代表千言萬
語；一封親筆信足以療癒那惆悵無助的糾結心境，尤其，獄
方對於不同刑責的學員會有不同收信的嚴格限制，收到信件
更顯可貴。就在妃雪姊那一封封誠摯的親筆信陪在身旁不斷
鼓勵之下，形同心靈導師的開導，給了他莫大的鼓勵與慰藉。
而令阿煌印象最深刻的，便是母親病危，陷入人生最低潮時，
妃雪姊特地前往探望，給了他最大的精神鼓勵，從此更加確
認，他不再是沒人願意關心，沒人願意傾聽的浪蕩遊子，兩
人有如親姊弟般的情誼，足以在阿煌處世過程中有不恰當的
地方，妃雪姊均能適時地耳提面命，而阿煌也不敢違拗這位
待己如親弟弟的貴人，儘管挨罵，也只能傻笑接受了。中間
數年由於職務變動等因素，於 2000 年前後曾斷了聯繫，直到
2012 年秋天，因為舉辦一次大型的社團聚會，妃雪突然收到
阿煌的臉書訊息，此時正值妃雪人生灰暗期，多年後兩人重
啟聯繫，對她而言，是最大的鼓舞與安慰，畢竟，在失聯數

年後，這位弟弟竟然還記得這位姊姊，內心的悸動難以言喻，也終能持續聯繫至今。妃雪當年不求回報的付出關懷，使得阿煌能漸入正軌，如此單純的作為，並無實質回饋；孰料多年後的某一天，彷徨無奈時，老天也回送了一份大禮。問妃雪對於這位小弟弟的期許，她正經地說：「樂觀。」再問她現在最想對阿煌說的一句話，她笑答：「趕快結婚吧！」

其次影響阿煌最深的，是當時勵德少年監獄的教誨師楊老師（註1），一位嚴以律己，寬以待人的慈祥長者，擁有每天早晨快走十圈操場、不分季節沖洗冷水澡的超人毅力，懷有視每位學員為己出的寬厚胸襟，為了爭取學員們該有的福利，竭盡心力，付出最大的努力，甚至不惜得罪長官也在所不辭，因著如此的丹心赤膽，贏得了學員們一致的尊敬，願意順從於他的諄諄教誨與循循善誘，直到現在，縱然年紀有一段差距，阿煌時而探望楊老師，兩人依舊是無話不談的好友。依然記得楊老師之前在輔大校園內曾說過的一段話：「對於這些孩子們，或許無法點石成金，但是至少能夠頑石點頭。」可見楊老師對於輔正學員們的用心至深。

再怎樣艱困難熬的日子終究會過去，曾經的不堪作為，也已付出相當代價償還。1990年離開勵德少監（註2）後，開始一連串的挫折與打擊。於1991年入義務役從軍，引起官兵的特別關注，渡過一段長時間心灰意冷的軍旅生涯；退伍之後求職因無法提供良民證而四處碰壁，一段短暫而不順遂的婚姻，1999年經營合法財務管理公司受到警方嚴密緊盯......痛定思痛之後，於2007年決定到工地充當臨時派遣工，從基層勞工開始奮鬥，搬磚塊、背沙包、抬鋼筋、跨鷹架等粗重

勞力，長期必須曝曬烈陽，在沒有電梯的情況下只能循著凹
凸不平的水泥樓梯往上爬，辛苦程度可想而知，然而他那不
服輸、不向命運低頭的堅毅個性，畢竟讓他通過這一場場的
試煉，更習得工程相關的專業知識，演而優則導，遂於 2008
年開始承包水電相關工程直到現在。還記得承接的第一項工
程是馬偕醫院，經驗的不足與人心的險惡讓自己虧了上百萬
元。儘管如此，他仍抱持勇於面對自己的朋友與客戶，不逃
避問題的態度，且真誠待人，一步一腳印，慢慢走出屬於自
己的煌式處世哲學，而早期的助人與善念，在日後曾經束手
無策時，獲得朋友們樂意不求回報、鼎力相助，終於能克服
重重難關。

　　從年輕時的該做就做，不計後果，率性而為，不懂得「後
悔」兩個字，結果就是「前科導致：事實說不過真相」；到
四十歲之後的「衝動要看地方」。現在生活雖然平淡，但不
用擔心遭來橫禍，踏實且安心，反能時時關照自我，能有更
多新的想法。許多事情做起來，光明正大，無需隱瞞。好不
容易時過境遷，雖然很多地方比不過其他成功的人，但也因
為人生擁有許多異於他人的經歷，反更應該珍惜當下。問阿
煌對於這一路走來的心得，他淡定回答：「凡走過的，日後
看得更淡。自己的路自己走，好與不好，都是自己所經歷的。」
有了正確的人生觀，我深信阿煌將秉持著他的中心思想 —
捨得 — 兩個字，邁開堅實的腳步，走向未來的光明路。

註 1：教誨師楊定衛於 2015 年 5 月 11 日上午因意外與世長辭。

註 2：新竹勵德少年監獄依據「少年矯正學校設置及教育實施通則」改制為誠正中學，於民國 1999 年 7 月 1 日正式成立之全國第一所以感化教育受處分人為收容對象之少年矯正學校。

攝于 —— 新竹伊家咖啡

選　　擇

　　大學生活原該是多姿多彩，自由自在，只要不被當得太慘，通常是求學階段最能留下美好且深刻的記憶，儘管包含了酸甜苦澀。當年對於企管系畢業的學子而言，必然羨煞不少求職者，似乎有更多就職機會等待著。

　　大學生涯中有位身懷南胡專業演奏技巧的同學兼好友，在知名企業工作 1-2 年後，毅然決然辭職下鄉投入他的專業領域，胼手胝足，努力不懈，堅持數年，現已小有名氣。猶記打拼初期某天，我南下探訪這位老友，他心血來潮演奏一曲，我當場眼淚差點兒奪眶而出，雖不懂這項樂器，但是，總感受到音樂裡充滿豐沛的生命力，交織著奮鬥過程中的血淚，竟讓我感動莫名……當然，男兒有淚不輕彈，終究是忍住了。

　　或許名利對他而言有如浮雲，只是我一直認為能做自己想做的事情是幸福的，逐夢、築夢、美夢成真的過程，該是最令人歡喜、欣慰的，這也造就生命有了不一樣的價值啊！

　　詩人佛羅斯特：我選上人跡稀少的路，因而使生命與眾不同。

攝于 —— 花蓮

幸福的 Jacky

　　會認識 Jacky 是因為曾經同職場的關係。

　　憨厚單純的性格，親切的笑容略帶靦腆，並不常主動找人攀談，對待朋友可以兩肋插刀，義無反顧。音樂是他的最愛，有多愛？就是愛到老婆都會吃醋的地步。

　　在那 18、19 歲「人不癡狂枉少年」的年代，懷抱音樂的春秋大夢，進入音樂製作領域擔任助理，因緣際會下遇見當時超級製作人，他隨性地讓 Jacky 進錄音室小唱一段曲子，唱畢，他嚴肅略帶輕視地對著 Jacky 說：「你不懂樂理，也不識五線譜，歌聲也普通，外型又不佳，不論是製作或是歌手，根本無法在這領域立足，年輕人啊！你還是趁早打消念頭去找份安穩的工作吧！」這番話對於一位滿腔熱血投注音樂的年輕小伙子而言，無疑是朝他的胸口重重一鎚，雖不致立即熄滅對音樂抱持的熱誠，足以成為他一生當中無法抹滅的記憶。

　　終究抵擋不了現實的多方考量，輾轉到工地、保險業務，而後的知名工程公司，原以為生命從此靠岸，覓得安穩避風港，除了零星的餐廳駐唱，音樂只是閒暇時的調劑品，彈琴哼歌，怡情雅興，如此平淡了十餘載，他那一顆不安的心，再度蠢蠢欲動。有人說，大男人的內心裡面總躲著一個小孩

子，一點沒錯！Jacky 心中的這個小孩子，終究躲不了一輩子，就在幾年前，懷著興奮忐忑的心情辭去薪水不低的工作，決心追逐那未完成的音樂夢，從原來的餐廳駐唱，進而取得街頭藝人證照，開啓了不時的街頭表演，婚喪喜慶演唱的接洽，樂器教學，進而深入感化院以音樂與誤入歧途的孩子們對話，以及偏遠學校小學生的音樂藝遊，走不完的是公路大道、羊腸小徑；澆不息的是滿懷的音樂熱誠，現在的他，因著每天長途跋涉，或許身體有些疲倦，但是內心是踏實而富足的，儘管投身公益的模式與角色不盡然獲得所有人士的認同，唯有單純誠摯的心方能持續走上對的方向，更何況再如何受歡迎的人也無法百分百受認同的。

　　只能做該做的事，無法做想做的事，叫缺憾；只做想做的事，不做該做的事，叫逃避；做想做的事就是該做的事，叫幸福。無疑地，Jacky 目前正享受著幸福而踏實的生活。

攝于 —— 石碇

動人的食物樂音

　　小時記憶中，經常將花生米粒往頭頂上拋，張嘴試圖接
住咀嚼，萬一漏接了，難免母親一旁碎碎念，當時覺得花生
好吃是因為可以這麼玩。稍微長大後，炒花生、剝殼花生、
麻辣花生……通通來者不忌，最愛的是和著小魚乾炒成一盤
丁香花生，佐以冰涼飲料或啤酒，簡直上了天堂。而最怕的，
就是和著一些青菜、蘿蔔攪成一團，幾乎嗅不到花生的美味。

　　現在呢？有時抽出一根蘿蔔生吃起來，那清脆的"卡滋"
咀嚼聲聽來格外過癮，甚至超越味道本身。

　　有人說，會覺得牛排好吃，並不在於香味，而是那煎牛
排時所發出的吱吱聲；而那咀嚼生蘿蔔的喀滋聲何嘗不是？

攝于 —— 餐桌

自然就是美

　　慵懶野犬喜歡蜷縮車底下的陰涼處，人們反而無法擁有這種享受，在這炎熱的烈陽午後。

　　陽光熾烈的週日假期，走一遭平溪線鐵道的菁桐車站，氛圍已不同於以往，四處充斥商家，吸引更多人潮來此朝聖，過去那些幽靜的街道巷弄，現在是人聲鼎沸。

　　然而它的變化遠不及號稱西部縱貫線海拔最高，位於苗栗三義交流道附近的勝興車站，也算是台鐵最高點。記得第一次到此一遊是在 1997 年夏天，搭乘班次不多的慢車一路克剌克剌進站，映入眼簾的是一木造建築，儘管是假日，遊客卻屈指可數，彷彿到達偏遠地帶。步出車站隨即發現左前方對街有家客棧，飢腸轆轆，先進去拜五臟廟吧！古色古香的裝潢，搭配客家特色料理，以及客倌一坐下來，馬上送來的那壺梅酒，尤其小酒壺造型就是古裝武俠劇裡頭客棧所用的小酒壺，仿若置身古代情境，而梅香撲鼻，酸甜中帶酒氣，如此餐前酒，總能牢牢繫住饕客挑剔的味蕾。還有那輕燙山茼蒿，上頭淋上一球剛從蛋殼裡迸出的生蛋黃，清淡微甜的菜香，至今仍回味再三……隨著火車停駛，再加上 921 大震將附近一級古蹟 ── 龍騰斷橋第五座橋墩震垮，經媒體大肆報導，勝興車站始成為著名觀光景點，週休二日旅遊風盛行

的當今，路頭、街頭、巷頭、店頭、車頭、狗頭、水龍頭……
一眼望去，都是一堆人頭。人潮洶湧，車位更是一位難求，
商業行為的嚴重進駐，帶來大量的垃圾，原本寧靜淳樸的小
車站，猶如吵雜菜市場般的凌亂，事實上，很多景點，每到
假日也是這般景象啊！

　　從 921 世紀大震前一天的東勢林場、勝興車站，到平溪
鐵支路，從照片檔案裡頭搜尋到的景象，不乏成為"遺照"者，

顯示大自然的力量果
然不容小覷，加上欠
缺刻意的維護，因此
每到一處景點，總是
拿起相機捕捉眼底所
見美景，深怕不久之
後遭到破壞，美景不
復見。如何喚起大眾
細心呵護大自然一草
一木的意識，實為刻
不容緩的課題。

Daddy&Father

　　在朋友的辦公室裡，他的辦公桌旁面板上貼著一張小紙條，上頭寫了一段話，看了令我動容，因為是英文，直接譯成國語，大意是說：當個 Daddy，比當一個 Father 來得困難。

　　我頓了大約 1 秒鐘，若有所思，或許因為已經具有父親身份，而有些體悟。「Daddy」聽起來是俏皮的、輕鬆的、活潑的、容易親近的、好溝通的……似乎具備了所有的優勢，對於一個小朋友來說，這樣的角色，是可以當朋友的。而「Father」呢？好像比較傳統、嚴謹、權威、呆板、難親近的、難溝通的……如果我是小朋友，我會希望自己的父親是 Daddy 還是 Father 呢？

　　很多職場裡，我們當然也希望老闆像 Daddy，而不是 Father；同樣的，也希望我們的部屬覺得我們是 Daddy 而不是 Father，當產生了夥伴的感覺時，就比較能夠交心。心靈交會時，合作任何事情，自然水到渠成、事半功倍。相反地，若只扮演 Father 的角色，則不易與大夥兒有所共鳴，斬釘截鐵的「承諾」也不過是表面應付罷了，內心的委屈可就不足為外人道，長久下來，沒有向心力，合作起來當然事倍功半、窒礙難行。

　　如此看來，扮演 Daddy 這個角色似乎有些難度，是需要

具備同理心、幽默、專注傾聽、付出與接受、適時表達愛、
平等地位的溝通方式等元素，實乃一項深奧的學問，得經過
長期修煉而成的大智慧。我想，可以先從「同理心」開始吧！

攝于 —— 墾丁

地瓜的祝福

　　這是今天最大的驚喜，友人千里迢迢遠從頭城拎了一袋自家栽種的地瓜送我，實在是窩心啊！

　　因為畢業於同一所學校，雖然畢業時間相差多年（當然我比較年長啦！），因緣際會下認識，儘管認識時間不算長，且跟我一樣不善言辭，卻能感受到真誠與踏實，在互動與談話之間並沒有壓力與負擔，有了待人的真，也就有了善；進而成就了美，相信這是上天最大的恩賜與禮物。友人還謙稱只是地瓜而已，也不曉得甜不甜。我認為，或許價格不高，也沒有華麗的外觀，但卻因為賦予特殊的意義，而有了非凡的價值、更彌足珍貴，這樣的地瓜，品嚐起來，味道必然香甜。

長　青

　　桌球一向是我的興趣也是專長之一，偶而會和幾位球友
切磋球技，時而出現這位伯伯，光從他打球的認真與熱誠度
來看，大概猜不出他年紀已 80 有餘，不但連續打個半小時以
上沒問題，還能小跑步撿球；只有精神抖擻的吆喝聲、揮拍
擊球的專注眼神、爽朗的談笑聲，但不見有些老人家的倚老
賣老、或老態龍鍾，實為一位令人敬佩的長者、值得學習的
榜樣！

　　忍不住拍下他揮拍的英姿，我探詢著想發表他的運動精
神，只見他笑笑說：「好好！Story、Story……」嘿！還會脫
口說英文呢！

　　從他身上，我更加確定，對於生命，我們無法掌控長度；
但可以決定深度。

二、遇見美好

美好的人事物，經常就這樣地擦肩而過。

放慢腳步，隨遇而安，
那許多的優美景致，
總是在驚鴻一瞥，
在須臾之間，
躍動......

旅行的意義

　　很喜歡這樣的畫面，它也常出現腦海，並沒有華麗的光景，也沒有豐沛的色彩，只覺得很閒適、舒暢、慵懶。

　　從原先規劃的恆春，到花東，最後因緣際會決定到此一遊--台中新社及大坑。沿途並無令人驚豔的景點與明媚的風光，倒是多了份自在與悠閒，不必急著趕路，車輛稀疏，少了喧鬧，多了寧靜，落腳於新社最高的民宿，飽覽夜景與壯闊山嵐；民宿主人的熱心服務讓來客多了幾分溫馨，旺福是一隻烏黑土狗，不但溫馴，還在大夥兒酣睡中的清晨，自告奮勇帶路，引領我無意間闖入羊腸小徑，見識了意外的山景，原以為只是巧合，主人斬釘截鐵宣稱牠真的會帶路，只是習慣都往右走……

　　曾經想過，一趟歡樂的旅程到底需具備哪些元素？隨著時間推移，年歲增長，越覺得其實，一趟美好的旅行，要緊的是一顆簡單、隨遇而安的素心，以及對的人，至於景色漂不漂亮、餐點美不美味、路況好不好、是否舊地重遊……都不重要了，甚至旅途中的皮肉傷，也能一笑置之。

　　旅行可以是休息；休息也是旅行之一，上路前，或許不

知路途之遙，唯單純地往目的地前行，我深信，轉角即遇桃花源。

攝于 —— 新社

空　位

心中總有些位置供我們存放
也許是珍貴友誼
或是美好記憶
還是無可奉告的秘密

當然
難免
堆放了廢棄雜物
不妨
騰出來吧

放空

手機攝于 —— 河濱公園

火燒功德林

在診所裡與老友護士閒聊，她分享了五個字，讓我獲益良多 —— 火燒功德林。

火，指的是 —— 發脾氣，所以簡單地說，就是每發一次脾氣，就去了一些功德，持續不修正，當然，福份將消失殆盡。

攝于 —— 明池

恬・適

雲淡懸掛灰白天際
翠峰峻嶺浮印微藍畫布
方所零傘閒適
孤枝佇立湖心
一葉輕舟
飄行碧白波痕
劃破

手機攝于 —— 曾文水庫

休　　息

旅程中，
除了盡覽沿途風光，
啜飲花草氣息，
遍嚐美食料理……
然而，
休息，
更是旅行的一部份。

攝于 —— 日月潭

老　友

一路走來，
我們身邊總會出現一些好友，
願意傾聽的，
願意照顧的，
願意噓寒問暖的，
向我們訴苦的，提攜我們的……
經過時間的洗煉、
許多人、事、境的夾雜堆疊，
其實，
有很多老友，
竟然，我們始終忘不掉的。

手機攝于——屏東

機　會

　　有人說，沒有人知道機會的長相，因為它的正面覆蓋著一襲長髮，後腦則光滑無比，當我們發現機會正迎面而過，想牢牢抓住它，卻怎麼樣也抓不住那光滑無比的後腦，只能眼睜睜地望著它漸漸消失無蹤……

攝于 —— 石碇

清粥小菜

　　建築物越蓋越豪華，設施越是高檔，我們反而懷念起那樸實的平房，有種單純的美。有如吃多了山珍海味之後，反比不上一碗清粥。

手機攝于 —— 石碇

遠處的和煦

　　或許我們身處黑暗中，但別忘了，遠方總有燈盞守候著
我們。雖然並不怎麼明亮，卻散發溫暖，竟有如那和煦的陽光。

攝于——薰衣草森林

動・靜

　　僧說：「山上的花開得很美，美得如錦繡一般；看似靜止的溪水，實際上在不停地流動著。花兒容易凋落，但仍不斷地奔放綻開；澗水雖然流動，溪面卻永遠不變。」

攝于 —— 日月潭

靜 佇

窗外豔陽高照，
沒人注意到這一方幽暗，
依憑稀微透灑光線，
展現不可褻玩之姿，
綻放繽紛，
靜佇。

手機攝于——春天農場

大自然的調色盤

這幾年來，去了幾趟的花東，感受到這裡的淳樸，體會到樂活與慢活，愛上了這裡的好山好水，尤其田裡的水倒映出峰峰山脈與湛藍天空，簡直成了一幅天然水墨山水畫，無需刻意調配色彩。

首次光臨這大農場，天氣給足面子，空曠視野加上搭配瑰麗色彩，彷若置身國外田野鄉村。

原來花東除了好山好水，連農場也精心打造，讓花東之旅呈現多樣化。

攝于 —— 台東初鹿牧場

拐彎兒

　　曾聽過一位智者說過：若每個人將一生所遭遇到的不順遂通通打包起來，然後各自重新挑選，結果每個人還是會拿回自己的那一包……當下覺得震撼。

　　高低起伏、跌宕不安、失敗挫折，是必經過程，也是成功、快樂、幸福的調味料，讓整個人生更加豐富有趣。可以一時失志、可以哭泣、可以暫時逃避、可以對天吶喊……就是不要失去勇氣而放棄。

　　尤其，很多事情也只是拐個彎兒罷了。

攝于 ── 六十石山

慵懶午後

人煙稀少總增添更多閒散氣息，
午後街道好似被陽光蒸出一抹抹暈煙，
兩旁不乏花草樹木，
還有輝煌歷史的藝術小店鋪，
他們倒不在意有無客人上門，
儘管慵懶地斜在躺椅上，
涼風是最天然的冷氣，
無意識地手搖摺扇，
沒有生意不好時的無措，
只見瀟灑自若的神情。
我呢？
還是找家咖啡店，
在既沒有涼扇，
也沒有摺扇的夏日午後，
欣賞日光不刻意造成的瑰麗影子，
享受另一種沁涼。

攝于 —— 三芝

意外的瞬間

　　打從內湖科學園區進駐，周邊已不像從前般的寧靜。這座公園變化倒是不大，漫步繞上一大圈，也要半個鐘頭吧！在這兒可以看見路上走的、地上爬的、天上飛的、水裡游的，當中最難捕捉的，莫過於天上飛的，例如：蜜蜂、蝴蝶、鳥兒等，這飛禽是無意間攔截到，慶幸周遭沒有雜物入鏡，算是走運。

　　有些事情刻意安排卻總未能如願；不經意的情況下，竟然水到渠成。或許這種種意料之外的，就是人生吧！

攝于 —— 碧湖公園

根深蒂固

　　我知道的花草種類不多，叫得出名字的更是少之又少，也不懂得如何栽種、培養、捻花惹草等等怡情養性的優雅嗜好，對於專精舞花弄草之人士，只能嫉妒加羨慕了。

　　樹，總給人堅韌不拔、穩定利他的安全感，歷經歲月及天候的嚴峻試煉，依舊高聳矗立，因著這樣的內涵，更顯美觀與耐看，不用言語卻已表達深不可測的生命奧義。

　　莫管枝葉茂盛，唯探根深蒂固。

攝于 —— 三育基督學院

牽牛花道

每當遇見牽牛花，總有一些聯想：浪漫紫、陽光、蟬鳴、攀爬、蔓延……似乎只要望見，就是走在一條走不完的牽牛花步道，腦海不禁浮現甜蜜的畫面：與另一半手牽手走在黃昏的路上，一邊是沿途纏繞的淡紫；另一邊則是夕陽漸隱的橘紅……雖無對話，兩旁景象早已成為甜言蜜語。

攝于 —— 東海大學

善念的動力

　　幸運捕捉到這一幕,腳步看來有些急促,似乎忙著什麼事。

　　傳播福音、散佈善念,原本該刻不容緩的,儘管過程多所波折。

　　想起「公東的教堂」一書,作者范毅舜所說:「信仰不提供答案,但殷切企盼中卻帶有洗滌、治療與提升作用。那一再受到挑戰的企盼是人生最不可或缺的動力。」

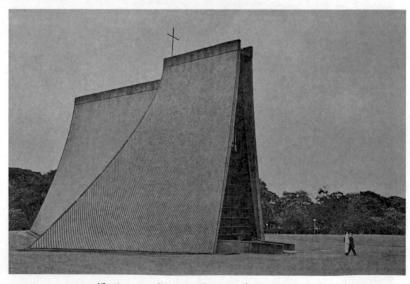

攝于 ── 東海大學路思義教堂

三、縱情山水

喜歡無邊無際的海洋，
它經常與湛藍天空形成一幅美麗的山水畫，
同時廣納百川，
告訴我身段柔軟的重要；
也喜歡雄偉峻拔的高山，
他經常與白雲纏繞形成一幅空靈的潑墨畫，
同時培育萬物，
告訴我虛懷若谷的重要。
不同的環境，或有不同的路徑，
要緊的，是正確的方向。

竹密不妨流水過，
山高豈礙白雲飛。

角　　落

橋樑彼端角落，
魚兒悠游暢活；
郵票斜掛角落，
任由信封漂泊；
伊人天涯角落，
萬水千山錯過；
可知，
心中角落的落寞，
由你，
灑落。

攝于 —— 明池

清　　心

天陰陰，風輕輕；
水漫漫，霧濛濛；
雨飄飄，舟歇歇；
步緩緩，心清清。

手機攝于 —— 石門水庫

人生旅程像爬山

　　有人說，人生的旅程像爬山一樣，看起來是走了許多冤枉的路，崎嶇的路，但終於到了山頂。

攝于——新山

放　下

能一把抓在手中的東西始終有限，
想要獲得更多，
何妨先放下手中所擁有的。

攝于 —— 大尖山

灰白氣象

　　非得要有繽紛色彩方為美景，有時那自然顯現的灰白氣象，更是樸拙壯麗。

攝于 —— 石碇

雨中的奔跑

　　雨中的奔跑，總能遇見烏雲背後的燦爛千陽；築夢的過程中，也將有意料之外的桃花源。

攝于 —— 新社

表情自己決定

天氣，老天爺決定；
表情，自己可以決定。

攝于 —— 六十石山

專　注

　　並非萬千事一定要做得完美極致，才算得上稱心，而是專注地把一件事情做好。

攝于 —— 苗栗

超越自己

我們一生當中，看過許多專業領域競賽的第一名，
而這些"第一名"們，有的不久之後，退居第二、第三，
或因年歲增長，或者更優秀的專才迎頭趕上進而超越
了，甚至有些"第一名"因為某些心境過不去，從此消失在
人才濟濟的領域中，而一蹶不振。

人，總是會衰老，會死亡，無法永遠是第一名。

人啊！說穿了，真正要超越的，其實是自己。

攝于 —— 六十石山

美麗的水花

河流若沒有石頭的阻擋，如何能激起美麗的水花？

攝于 ── 金門

忘掉比記得還難

那些屬於自己的美好記憶、甜蜜時光，總是長存記憶；
而那些乍現生命中的苦楚、辛酸，
即使想要刻意遺忘，但仍記憶猶新。
有時候，忘掉比記得還困難得多。

攝于 —— 花蓮

不同的角度

照片 180 度翻轉後，呈現新景緻。

不同的角度與方向，會發現不一樣的自己。

攝于 —— 新山夢湖

不放棄

　　人生有趣的地方，就是在峰迴路轉時，往往出現意想不到的新景緻，只要不放棄。

攝于 —— 花蓮

堅　　持

堅持與放棄都需要勇氣，
為了捕捉這美麗的瞬間，
寧願因看見烏雲遮蔽而覺得遺憾，
不願因錯失撥雲見日而懊悔不已。
我還是選擇了堅持。

攝于 ── 大尖山

快樂釣叟

無需乘船海撈漁獲，
寧願是個自由的快樂釣叟。

攝于 —— 八里

江之心

江心船晃，
山巒矗立彼端，
惟現黑暗。
手持釣竿，
香餌魚嘴不含，
但覺手酸。
憑欄仰望，
微暈彎月浪漫，
幸福淡淡⋯⋯

攝于——花蓮

空水共氤氳

靈山多秀色，空水共氤氳。

—— 唐·張九齡《湖口望廬山瀑布泉》

攝于 —— 日月潭

四、花言草語

　　花朵之所以讓人覺得美麗，是在花開後，那種寂靜無聲的低調，瞬間綻放的生命力展現；也是花落後，悄然凋萎，等待下一季的重生。

無論花開花落，都足以撼動人心，甚而引人沈思……

心　　美

　　有一種花朵，尚未開花，未見羞澀，腰桿挺直，沒有花枝招展，嗅不到芬芳氣息，亦沒有炫麗奪目的色彩，而只是默默站立，隨風搖曳，婆娑生姿；時而綠葉伴隨，鳥兒暫歇；時而成為綻放花群中的配角，但不孤單，且自信滿滿，感受到的，是一種內斂沈穩的自信美。花開與不開，各自美麗，各擅勝場，端看從什麼角度欣賞。

　　或者，心美，花，也都美了。

面　　對

生命總有困頓潦倒時，
哪怕已到谷底，
仍然用力敞開心胸，
再一次最美麗的綻放。

面對，是解決問題最好的方法。

彎腰低頭

　　湖邊垂柳之所以美，大多因為擁有柔和曲線的＂垂＂；

　　釣竿可以拉起上鉤的魚兒，也因捨棄堅硬，採取彈性的＂垂＂；

　　古時候的人們，過橋後不忘轉身向橋樑恭敬一揖，對護送人們安然過河表達誠摯謝意，因此人們處處充滿感恩信念，一片祥和。

　　彎腰低頭，不代表自卑，不等同低人一等；

　　彎腰低頭，有時候是一種美麗且蘊含雄渾力量的姿態。

活在當下

會發生的事情,擔心也沒有用;
不會發生的事情,幹嘛擔心?
所以,活在當下。

笑　顏

在烈陽下，
這五朵盛開的小花，
在我看來，
它們正笑顏逐開……

花　　落

日落，隱沒；
花落，隕歿。
展露最後一次風華。

心放大

心縮小，小事變大事；
心放大，大事化小事。

最後一次美麗

雖說花落是一段旅程的結束，
也展現了最後一次美麗，
開啟了另一段新的旅程。

荷瓣落葉歸鄉

達摩蘆葉渡江，
荷瓣落葉歸鄉。

一株小花

哪怕只是一株小花，
也要讓一方宇宙佈滿馨香。

一葉兩葉任西東

荷瓣垂落乘微風，
一葉兩葉任西東。

寧　　靜

寧靜，可以有許多的表現方式。

萬物俱靜，無丁點聲響，是一種寧靜；

水聲淙淙，鳥聲啾啾，是另一種寧靜；

而蓮花的綻放，更是寧靜中生命力的展現。

包藏禍心

莫說我包藏禍心，
我只是置身傘下，
倘佯昂首，
為即將到來的綻放，
駐留避風港。

寧靜安定

沒有大樹的雄壯威武，
卻擁有向上成長、唯我獨尊，
一股寧靜安定的力量。

自己創造價值

生命力的展現，經常隱藏在不起眼的角落……
環境並非最重要，人的價值可以由自己創造。

隱身的幸福

的確！
探索真面目總能滿足好奇，
於是，面具撕開以前，
再次展露瑰麗幻影。
最後，
選擇了隱身的幸福。

長　大

很多你以為棘手的事情，解決的方法卻很簡單，那就
是你長大了。

得　　到

放下越多的人，得到的越多。

五、點滴心情

生活中，難免的若有所思、忽有所感。

於是，轉化成隻字片語。
願它們能陪伴我，
走過未來多姿多采的日子，
不帶悔恨，
不留遺憾，
忘卻一切憂傷。

小　　偷

她的名字叫做"老婆"，她偷走了我的心。

攝于 —— 淡金公路旁

掌　聲

台上，掌聲如雷；

台下，月光稀微……

再多的榮耀轉眼如浮雲，還是珍惜當下的幸福吧！

攝于 —— 袖珍展

綻放智慧花朵

　　一年四季中，書的世界都會時刻綻開著芬芳的、智慧的花朵，等候著你去採擷、鑑賞、親近。

攝于──三芝

大　　地

　　當我們仰望湛藍天空時，別忘了任人踐踏、卻培育萬物的大地。

攝于 —— 東豐綠色走廊

永遠有路

　　很多事情的答案都不是只有一個，所以我們永遠有路可以走。

手機攝于 —— 竹南

起　　伏

人生總有起伏，
你是輸了，還是只是沒有贏？

攝于 —— 日月潭

讓　路

活佛說：如果你知道去哪，全世界都會為你讓路。

攝于 — 金門

跨　　越

　　很多事情如果你不放在心上，是可以輕鬆跨越的，包括恐懼與痛苦。

攝于 —— 花蓮

試

有些事若不去試，永遠不知道自己能夠做到多少。

攝于 —— 金門

無　光

　　有時候，在沒有光的時候，我們更會睜大眼睛去看這個世界。

手機攝于 —— 宜蘭

千瘡百孔

即使千瘡百孔，也要盡情體驗精彩的人生！

手機攝于——公民會館

陪　　伴

陪伴，也是一種幸福。

攝于 —— 三育基督學院

烏雲之後

　　即使天空黯黑、陰雨綿綿，我們仍然可以微笑如花，陽光也只是暫駐烏雲之後。

手機攝于 —— 菁桐

遨遊天際

　　如果真有能力，那麼就像口袋裡的錐子，藏也藏不住，
自己會冒出頭來；

　　如果真有目標，那麼就像整翅待飛的鳥兒，關也關不住，
自己會遨遊天際。

手機攝于 —— 高雄

迎向陽光

迎向陽光，陰影也只會在背後了。

手機攝于 —— 河濱公園

心　門

記憶偶而上鎖，
心門可別封鎖。

攝于——金門

在　意

其實上，很多糗事，真正在意的人只有我們自己而已。

攝于
——
台東伯朗大道

另一扇窗

　　上帝關了一扇門，必定會再為你打開另一扇窗。

　　很多時候，那扇門其實是自己給關上的。千萬別忽略了任何的可能性。

攝于 —— 新社

緩

　　有很多事情，急著去做的時候，或許該緩一緩；不急的時候，反而正是時候。

攝于 —— 池上

最遙遠的距離

沒有方向，是最遙遠的距離。

攝于 —— 明池

影　　子

從別人身上會看到自己的影子。

攝于 —— 金門

蠕蠕人群遊

煦煦陽光灑
蠕蠕人群遊

手機攝于 —— 高美溼地

徐徐的溫度

只要用心察覺，
你會發現人間處處散發出
徐徐的溫度。

攝于 —— 宜蘭

歲　月

歲月留下了足跡，
雖斑駁，但夾雜美豔。

攝于──金門

咖啡呧香味（台語發音）

濛濛啊雨呧暗眠冷支支
風吹樹枝　月光稀微
展開你送我呧扇子
尤原透出你呧香味
頂頭有你幼秀呧字
加添我對你呧相思

攝于 ── 台北街頭

濛濛啊雨停尤原冷支支
風吹樹枝　目屎稀微
泡著一杯呧烏咖啡
酸甘帶澀呧苦味
嘛無法度掩蓋我對你呧相思
窗外一條光閃閃爍
流星啊流星
倘不倘將我呧相思帶給伊
循著
咖啡呧香味

獵　　物

　　毛毛雨夜裡，冷風颼颼，樹叢颯颯，月光黯淡。烏啼聲劃破寂靜夜空。

　　他拿出昨夜她送他的離別信物 —— 摺疊扇，小心翼翼展開端詳，映入眼簾的是一幅潑墨山水畫；陣陣幽香撲襲而來，這是他最熟悉的味道，也是他這輩子再也無法忘懷的味道。睹物思情，擁扇入懷，眼光投射牆上某個角落。

　　起身沖泡一杯香濃咖啡，試著讓腦中她的影像越加清晰，藉由咖啡的苦澀試圖掩蓋相思苦楚，誰知，隨著思路清澈，精神抖擻，反增添思愁。望向窗外天際，一道流星閃過，莫非，是上天憐憫他的相思無奈，特派流星遙寄思念情。

　　摺疊扇香，伴隨咖啡香，沁入他的呼吸道，竟有說不出的舒暢，慢慢地，睡意侵襲，他，睡著了，帶著一抹微笑……

　　約莫一個星期，屋內數名檢警走動勘查，盼能發現任何蛛絲馬跡，畢竟，這是第二宗死法類似的命案，死者臉上均留下詭異淺笑，現場並無任何打鬥跡象，亦無任何外力造成的傷害，只採得數枚死者指紋。唯一目擊者發現一個星期前，屋外一名短髮男子逗留約一個小時後離去。

　　她住在他送給她的豪宅裡，啜飲咖啡，得意於兩年多前發明的香料 —— 奪魂香，只要混合咖啡香味，隨即轉為劇毒，

一炷香時間足以命喪黃泉。地下室的小焚化爐，專門用來焚
毀易容的男性面套……

　　慢慢地，睡意來襲，她，睡著了，帶著一抹微笑……

攝于 ── 大尖山

獵海人

行旅之間
──我旅行，故我思

作　　者	楊政賢
圖文排版	連婕妘
封面設計	楊廣榕
出 版 者	楊政賢
製作發行	獵海人
	114 台北市內湖區瑞光路 76 巷 69 號 2 樓
	電話：+886-2-2518-0207
	傳真：+886-2-2518-0778
	服務信箱：s.seahunter@gmail.com
展售門市	國家書店【松江門市】
	10485 台北市中山區松江路 209 號 1 樓
	電話：+886-2-2518-0207
	三民書局【復北門市】
	10476 台北市復興北路 386 號
	電話：+886-2-2500-6600
	三民書局【重南門市】
	10045 台北市重慶南路一段 61 號
	電話：+886-2-2361-7511
網路訂購	博客來網路書店：http://www.books.com.tw
	三民網路書店：http://www.m.sanmin.com.tw
	金石堂網路書店：http://www.kingstone.com.tw
	學思行網路書店：http://www.taaze.tw
法律顧問	毛國樑　律師

出版日期：2015 年 6 月
定　　價：330 元

國家圖書館出版品預行編目

行旅之間：我旅行,故我思 / 楊政賢著. -- 桃園
　市：楊政賢, 2015.06
　面；　公分
　ISBN 978-957-43-2614-3(平裝)

855　　　　　　　　　　　　　104011767